TINTENHERZ™

Fanbuch

Xenos

ISBN 978-3-8212-3360-4

Verantwortlich für dieses Ausgabe:
Xenos Verlagsgesellschaft mbH
Am Hehsel 40, 22339 Hamburg
Konzept und Text: Miriam Ferdinand, Hamburg
Gestaltung und Satz: X-six agency GmbH, Hamburg
Printed in Italy

Inhalt

Ein magisches Buch

Meggie lernt viel über sich selbst. Darüber, wie mutig und stark sie ist und was sie alles alleine schaffen kann, aber auch darüber, wie wichtig es ist, Menschen zu haben, die einen dabei unterstützen.

Als Mortimer „Mo" Folchart in einem kleinen Antiquariat endlich das Buch findet, nach dem er seit neun Jahren gesucht hat, ändert sich sein Leben und das seiner Tochter Meggie grundlegend. Die beiden werden von finsteren Männern verfolgt und in ein Dorf hoch in den Bergen verschleppt. Sie treffen Tiere und Wesen, die eigentlich nur in der Welt der Fantasie existieren. Und Meggie erfährt einiges über ihre Vergangenheit und über bislang unentdeckte Talente, die in ihr schlummern. Doch auch die Menschen, die ihnen helfen, all diese Abenteuer zu bestehen, sind am Ende nicht mehr die, die sie zuvor waren. Sie alle lernen, was im Leben wirklich zählt: Liebe, Freundschaft und eine gehörige Portio Fantasie. Ein magisches Buch und eine magische Geschichte ...

Mo erfährt, dass es sich lohnt, nicht aufzugeben und an seinen Träumen festzuhalten. Nach Jahren des Suchens und Hoffens kann er endlich seine Familie in die Arme schließen.

Dem jungen Farid öffnet sich eine neue Welt. Dort findet er Freunde und weiß endlich, was ihm wirklich Spaß macht.

Die zurückgezogen lebende und belesene Elinor macht die Erfahrung, dass die Geschichten, die im wahren Leben passieren, manchmal spannender sind als jene, die in Büchern stehen.

Der eigenbrötlerische Staubfinger muss feststellen, dass es gar nicht so schlimm ist, mit anderen Menschen zu tun zu haben. Denn mit Hilfe neuer Freunde erfüllt sich schließlich sein allergrößter Wunsch.

Meggie Folchart

Meggie ist zwölf Jahre alt. Seit ihre Mutter vor neun Jahren verschwunden ist, lebt sie alleine mit ihrem Vater Mo. Gemeinsam reisen die beiden viel umher. Genauso wie ihr Vater liebt Meggie spannende Geschichten und gute Bücher.

Die Tierfreundin

Meggie liebt Tiere. Nicht nur, weil sie gerne mit ihnen kuschelt. Ihre tierischen Freunde helfen Meggie immer wieder in brenzligen Situationen. Der Marder Gwin kann sehr gut klettern. Toto, der kleine schwarze Hund, läuft in Rekordgeschwindigkeit Slalom durch die Beine von Menschenmengen.

Der Bücherwurm

Meggies Lieblingsbeschäftigung ist das Lesen. Eines Tages möchte sie Schriftstellerin werden. Als sie von Mos magischer Fähigkeit erfährt, Dinge und Menschen aus Büchern herauszulesen, probiert sie sofort aus, ob sie das auch kann. Und siehe da: Es funktioniert!

Lässig und modern

Als ihr Mortola das lange, weiße Kleid anzieht, findet Meggie das schrecklich. Es ist altmodisch, unbequem und kratzt. Meggie mag Kleidung, die gemütlich und trotzdem modern ist. Schließlich ist sie ein junges Mädchen!

Fantasievolle Kämpferin

Meggie lässt sich von niemandem schnell einschüchtern. Selbst dem finsteren Capricorn fällt es schwer, ihr Angst zu machen. Meggie tritt dem bösen Herrscher mutig entgegen und überlegt sich sofort, wie sie ihn austricksen kann. Und gute Ideen hat Meggie eigentlich immer. Sogar wenn sie in einem finsteren Kerker eingesperrt ist.

Mortimer „Mo“ Folchart

Meggies Vater arbeitet als Restaurator alter Bücher. Dafür ist er viel unterwegs, immer auf der Suche nach Buchliebhabern, die seine Dienste benötigen. Meggie nimmt er überallhin mit. Schon sehr früh hat er ihr das Lesen beigebracht. Denn Geschichten und Bücher gehören einfach zum Leben dazu, findet Mo.

Eine ruhige Hand und ein klarer Kopf

Wenn Mo arbeitet, sitzt er oft stundenlang an einem Auftrag. Als Restaurator von Büchern braucht er Konzentration, viel Geduld, Liebe zum Detail und eine sehr ruhige Hand. „So lange könnte ich nicht still sitzen!“, meint Meggie.

Starke Familienbande

Mo liebt Bücher. Doch noch sehr viel mehr liebt er seine Familie. Für Meggie und seine verschwundene Frau Teresa würde er alles tun. Als er hört, dass Staubfinger weiß, wo Teresa ist, und es ihm nicht gesagt hat, wird Mo fuchsteufelswild!

Immer auf dem Sprung

Mo reist nicht nur für seine Arbeit umher, sondern auch weil er seit neun Jahren ein ganz bestimmtes Buch sucht, dass er einmal besessen hat. Als er endlich ein Exemplar von *Tintenherz* findet, treffen er und Meggie auch auf ein paar düstere Gestalten aus seiner Vergangenheit. Und Meggie macht die Erfahrung, dass es manchmal auch eine gute Idee sein kann, zu flüchten.

Zauberzunge

Mo hat eine ganz besondere Fähigkeit. Wenn er laut aus einem Buch vorliest, werden Dinge und Figuren daraus lebendig, andere verschwinden dafür darin. Als er vor neun Jahren Teresa aus *Tintenherz* vorgelesen hat, ist sie in dem Buch verschwunden. Der finstere Capricorn, der ihn „Zauberzunge“ nennt, kam dafür in unsere Welt. Weil Mo weiß, wie gefährlich seine Gabe ist, hat er Meggie immer wieder ermahnt, niemals laut vorzulesen.

Teresa „Resa“ Folchart

Resa ist Mos Frau und Meggies Mutter. Seit Mo sie vor neun Jahren versehentlich in *Tintenherz* hineingelesen hat, sucht er verzweifelt nach einem weiteren Exemplar des Buches, um seine geliebte Frau wieder herauszulesen. Was er jedoch nicht weiß, ist, dass Resa längst wieder in unserer Welt ist. Sie ist gefangen in Capricorns Dorf und arbeitet für ihn als Dienstmagd.

Ein großes Herz

Resa ist sehr liebevoll und fürsorglich. Als Staubfinger sich die Finger verbrennt, kümmert sie sich um den fremden Mann. Sie verbindet seine Hände und tröstet ihn.

Ganz die Tochter

Von Elinor erfährt Meggie, dass ihre Mutter genauso gerne liest wie sie selbst. Wenn Resa früher ihre Tante besucht hat, saß sie den ganzen Tag in der Bibliothek mit einem Buch am Fenster. Dort ist auch Meggies Lieblingsplatz.

Kämpfernatur

Im Dorf von Capricorn lebt Resa als Gefangene. Sie muss für den schrecklichen Herrscher kochen und waschen, und wenn sie sich dagegen auflehnt, wird sie fürchterlich bestraft. Doch Resa lässt sich nicht unterkriegen. Sie ist stolz und stark und glaubt fest daran, dass sie eines Tages ihre Familie wiedersehen wird.

Die Künstlerin

Resa wurde von Darius aus *Tintenherz* zurückgelesen. Doch Darius ist ein schlechter Vorleser, und alle Dinge, die er aus Büchern herausliest, haben einen Makel. So hat Resa ihre Stimme verloren. Darum hat sie begonnen, ihre Erinnerungen zu zeichnen. Als Staubfinger zufällig eine ihrer Skizzen sieht, erkennt er sofort, wer darauf zu sehen ist: Mo und Meggie.

Staubfinger

Staubfinger wurde am gleichen Tag wie Capricorn aus *Tintenherz* herausgelesen. Doch im Gegensatz zu ihm fühlt er sich in unserer Welt gar nicht wohl. Seit Jahren hofft er darauf, dass Mo ihn eines Tages in seine alte Welt zurückliest.

Der Artist

Staubfinger ist Jongleur und Feuerspucker. Alles, was er dafür benötigt, trägt er in seinem Rucksack bei sich. Und in allen Städten versammelt sich eine begeisterte Menschenmenge, wenn Staubfinger seine Künste präsentiert.

Sein treuester Begleiter

In Staubfingers Rucksack ist nicht nur Platz für Fackeln und Brandmittel. Dort wohnt auch Gwin, ein Marder mit kleinen Hörnern auf dem Kopf. Oft ist er stundenlang unterwegs und sucht nach Beute. Doch irgendwann kehrt Gwin immer wieder zu Staubfinger zurück.

Kauziger Einzelgänger

Staubfinger ist am liebsten alleine. Mit Mo und Meggie, aber auch mit Capricorn spricht er eigentlich nur, weil er darauf hofft, dass sie ihm dabei helfen, in die *Tintenherz*-Welt zurückzukehren. Als Farid versucht, sich mit ihm anzufreunden und ihm überallhin folgt, ist Staubfinger davon gar nicht begeistert.

Ein lang gehegter Traum

So sieht die Welt aus, in die Staubfinger gerne zurückkehren möchte: Weizenfelder und Wiesen, so weit das Auge reicht, eine alte Windmühle und kleine Feen und Kobolde, die dort herumtollen. Staubfinger hat dort eine Frau und zwei kleine Kinder und er glaubt, dass er nur dort glücklich sein kann.

Ein folgenschwerer Fund

In einem kleinen Ort in den Alpen stöbern Mo und Meggie begeistert in den vielfältigen Auslagen auf einem Buchmarkt. Als Mo in einen Laden geht, beschließt Meggie, draußen zu warten und in einer ihrer Neuerwerbungen zu blättern.

Während Meggie wartet, hat sie eine eigenartige Begegnung mit einem kleinen Marder und einem Mann in einem langen, staubigen Mantel, der ihren Namen kennt: Es ist Staubfinger!

In dem Buchladen hört Mo wispernde Stimmen. Sie ziehen ihn magisch in eine Ecke des Ladens. Und dort findet er es – das Buch, nach dem er neun Jahre lang gesucht hat: *Tintenherz*!

Mo tritt freudestrahlend aus dem Laden. *Tintenherz* hat er sorgfältig in seiner Tasche verstaut. Doch als er Staubfinger sieht, wird er schlagartig sehr ernst. „Capricorn ist dir auf der Spur!“, warnt ihn Staubfinger, und auf ein Wiedersehen mit dem gefährlichen Halunken kann Mo gut und gerne verzichten.

Elinor Loredan

Elinor ist Teresas Tante und somit Meggies Großtante. Sie ist ziemlich exzentrisch und sehr wohlhabend. In ihrem großen Haus in Italien lebt sie ganz alleine. Ihre einzige Leidenschaft gilt den Büchern. Sie verwendet sehr viel Geld und noch mehr Zeit darauf, überall auf der Welt seltene Exemplare zu ergattern.

Eine echte Dame

Elinor trägt gerne extravagante Kopfbedeckungen und viel Schmuck. Ihre Kleidung findet Meggie etwas altmodisch und ihre Gesten ein wenig geziert. Aber so benimmt man sich wohl als vornehme Lady.

Die Einsiedlerin

Elinor lebt gerne allein. Sie mag es nicht sonderlich, wenn andere Menschen sie besuchen. Und am allerwenigsten mag sie Kinder! Es ist also eine große Ehre, dass Meggie eines von Elinors kostbaren Büchern lesen darf!

Ein wahres Abenteuer

Genauso wie Meggie und Mo liebt Elinor gute Geschichten. Doch eigentlich nur dann, wenn sie in Büchern geschrieben stehen. Dass sie selbst Teil einer ziemlich spannenden Geschichte wird und Dinge macht, die sie nie für möglich gehalten hätte, – zum Beispiel Motorrad fahren – erstaunt sie selbst wohl am meisten.

Ein schlagfertiger Dickschädel

Elinor nimmt kein Blatt vor den Mund. Sie sagt, was sie denkt, und das ist nicht immer schmeichelhaft. Selbst vor Capricorn hat sie keinerlei Respekt. Weil sie nicht aufhört, ihm ihre Meinung zu sagen, greift er schließlich zu radikalen Mitteln.

Elinors Haus

Weil Mo wenig Wert auf ein weiteres Treffen mit Capricorn legt, fährt er nach Staubfingers Warnung mit Meggie zu Elinor. In ihrem Haus in Italien fühlt er sich sicher. Es liegt einsam an einem See, ist riesig groß und ein wenig verwittert. Am liebsten ist Mo in Elinors wertvoller Bibliothek auf der Suche nach alten Büchern, die seiner Pflege bedürfen.

Wenn Mo zu Besuch ist, richtet er stets eine kleine Buchbindewerkstatt ein, um sich ausgiebig um Elinors Schätze zu kümmern. Die Werkzeuge und Utensilien, die Mo braucht, um Bücher zu restaurieren, hat er stets bei sich.

Die Bibliothek ist das Herzstück von Elinors Haus. Ein riesiger Raum mit Regalen, die bis unter die hohen Decken reichen. Hier könnte man Jahre verbringen und hätte nicht ausreichend Zeit, jedes der wunderschönen und seltenen Bücher zu lesen.

Weil Capricorn versprochen hat, Staubfinger zurücklesen zu lassen, wenn er ihm Mo bringt, hat der verzweifelte Staubfinger Capricorns Männer zu Elinors Haus geführt. Hier zerstören sie die kostbare Bibliothek und verbrennen alle Bücher. Mo wird Zeuge der schrecklichen Zerstörungswut, doch er kann gegen die Männer nichts ausrichten.

Capricorns Dorf

Hoch oben in den Bergen liegt das Dorf von Capricorn. Hier lebt der finstere Herrscher mit seinen Gefolgsleuten, seit Mo ihn aus *Tintenherz* herausgelesen hat. Und dorthin verschleppen Capricorns Männer Mo, Meggie und Elinor, nachdem sie Elinors Bibliothek zerstört haben.

Viele der Häuser im Dorf sind verfallen und unbewohnt. In den engen Gassen dazwischen ist es finster, und man kann sich schnell verlaufen.

Zu besonderen Anlässen lässt Capricorn die alten Steinhäuser in seinem Dorf mit Fahnen schmücken, die so rot sind wie Blut.

Capricorns Burg wird mit Kerzen und Fackeln beleuchtet. Die Böden sind mit Marmor ausgelegt, und an den Wänden hängen wertvolle Gemälde.

Capricorn

Seit Mo ihn aus *Tintenherz* herausgelesen hat, verbreiten Capricorn und seine Männer Angst und Schrecken. Sie erpressen Gold und Juwelen, Lebensmittel und Arbeitsdienste von den Menschen aus der Umgebung ihres düsteren Dorfes. Doch Capricorn will noch mehr. Er möchte seine Macht bis in den letzten Winkel unserer Welt ausweiten. Dafür braucht er Mos besondere Fähigkeiten als „Zauberzunge".

Herr über die Geschichte

Capricorn hat seine Leute auf der ganzen Welt nach Exemplaren von *Tintenherz* suchen lassen. Er hat sie alle gekauft oder gestohlen und sie dann verbrannt. Denn niemand außer ihm selbst soll etwas aus der Geschichte heraus- oder in sie hineinlesen!

Leben in Saus und Braus

Für Capricorn ist nur das Beste gut genug. In seinem riesigen Palast hängen kostbare, gestohlene Gemälde in goldenen Rahmen. Die Fußböden sind aus edelstem Marmor, und in den Kellergewölben stapeln sich perlenbestickte Gewänder, juwelenbesetzter Schmuck und Gold und Silber in rauen Mengen.

Der schwarze Despot

Alles an Capricorn ist schwarz. Sein Herz und seine Seele, seine Kleider, seine Augen und Haare, sein Humor und die Anzüge seiner Männer. Alles ist schwarz wie Tinte, wie die Nacht oder wie Ungewissheit und Angst. Die einzige Farbe, die Capricorn neben Schwarz duldet, ist Rot. Rot wie das Blut.

Kalte Gier

Capricorns Herrschaft ist eine Schreckensherrschaft. Die Menschen gehorchen ihm, weil sie Angst vor ihm haben. Er mustert sie mit seinen eiskalten Augen, ohne jedes Mitgefühl. Als Mo für ihn vorliest, verschwindet einer seiner Männer. Doch Capricorn hat nur Augen für die Goldstücke, die dafür erscheinen.

Basta

Basta ist der treueste Gefolgsmann von Capricorn. Für seinen Herrn und Meister würde er alles tun. Gemeinsam mit ihm wurde er von Mo aus *Tintenherz* herausgelesen. Er erkennt sofort die Schwächen seiner Opfer und trifft sie gnadenlos dort, wo es ihnen am meisten wehtut. Und doch hat er selber eine große Schwäche: Er ist extrem abergläubisch!

Der Messerheld

Bastas Lieblingswaffe ist das Messer. Gerne fuchtelt er damit seinen Opfern vor der Nase herum und droht ihnen auch schon mal damit, ihnen ein Ohr abzuschneiden.

Darius

Weil ihm Mo lange Zeit immer entwischen konnte, hat Capricorn Darius als Ersatz-Zauberzunge angeheuert. Er ist ein herzensguter Mensch, liebt Bücher über alles und ist schrecklich schüchtern und ängstlich.

Lampenfieber

Lautes Lesen vor Publikum macht Darius Angst. Wenn er für Capricorn lesen soll, fängt er immer an zu stottern.

Unvollkommene Zauberzunge

Weil Darius nicht flüssig vorlesen kann, sind die Dinge und Menschen, die er aus den Geschichten herausliest, nie ganz perfekt. Häufig sind sie mit Teilen der Buchtexte verunstaltet.

Cockerell

Cockerell war in der *Tintenherz*-Welt einer der wichtigsten Gefolgsleute von Capricorn. Deshalb ließ Capricorn ihn von Darius aus dem Buch herauslesen.
Er ist clever, hinterhältig und flink und wird von Capricorn häufig mit besonderen Aufträgen betraut.

Flachnase

Flachnase wurde ebenfalls von Darius aus *Tintenherz* herausgelesen. Er spricht nicht viel. Doch durch seinen massigen Körper und sein düsteres Gesicht wirkt er sehr einschüchternd.
Für Capricorn ist er ein wichtiger Mann.

Ein übel gelaunter Soldat

Auch Flachnase ist durch Darius' mangelnde Vorlesekünste gezeichnet: Sein Gesicht ist verunstaltet, und die Nase platt gedrückt. Sein Missmut darüber macht ihn für seine Opfer noch erschreckender. Und wenn das nicht ausreicht, hat er für alle Fälle stets ein Gewehr dabei.

Ein unheilvolles Team

Cockerell und Flachnase treten oft als Duo auf. Dieser geballten düsteren Macht wagt auch Mo nichts entgegenzusetzen.

Der Feuerteufel

Cockerell trägt Teile des Textes von *Tintenherz* im Gesicht. Und die Farbe seiner Haare zeigt seine besondere Vorliebe für knisterndes, alles verzehrendes Feuer. Auch in seinen Augen lodern Flammen. Und diesem bösen Blick kann niemand lange standhalten.

Darius' Fabelwesen

Capricorn hat Mo, Meggie und Elinor in einen düsteren Stall gesperrt. Als sich ihre Augen an die Dunkelheit gewöhnt haben, entdecken sie um sich herum lauter absonderliche Tiere. Es sind Fabelwesen, die Darius aus Büchern herausgelesen hat.

Der Minotaurus

Der Minotaurus stammt aus der griechischen Mythologie. Halb Tier, halb Mensch, lebt er als Gefangener im Labyrinth von Knossos. Alle neun Jahre werden ihm sieben Jünglinge und sieben Jungfrauen als Opfer dargebracht.

Das Einhorn

Das Einhorn ist ein pferdeähnliches Fabeltier mit einem Horn auf der Stirn. In der Bibel, in indischen Mythen oder in der persischen Schöpfungsgeschichte taucht es als Symbol für das Gute auf.

Der geflügelte Affe

In Südostasien gibt es tatsächlich ein Tier, das auch als geflügelter Affe bezeichnet wird. Doch das Tier in Capricorns Stall stammt aus der Geschichte *Der Zauberer von Oz*. Es ist einer der Affen, die von der Bösen Hexe des Westens geschickt werden, um gegen Dorothy und ihre Freunde zu kämpfen.

Zauberzunges Lesung

„Lies!", befiehlt Capricorn Mo. „Sonst töte ich Elinor und sperre deine Tochter in einen finsteren Kerker!"

Und so kommt es, dass Mo das erste Mal seit neun Jahren laut aus einem Buch vorliest. Capricorns Männer, Elinor, Staubfinger, Meggie und Darius lauschen gespannt, aber auch ein wenig ängstlich.

Mo liest eine Geschichte aus *1001 Nacht* vor, und es scheint seinen Zuhörern, als würden sie das Gelesene selbst erleben. Eine sengende Sonne brennt auf sie herab, und Wüstensand weht in ihre Augen. Als schließlich Goldmünzen auf sie herabregnen, traut sich niemand, sie zu berühren. Der abergläubische Basta wird kreidebleich.

Mo fährt fort, zu lesen. Und plötzlich liegt ein Junge in Pluderhosen und mit einem Turban auf dem Kopf vor den Füßen der Versammelten. Einer von Capricorns Männern ist dafür verschwunden. Der Junge schaut mit großen Augen um sich, ein erschrockenes Raunen geht durch die Menge, und Basta greift sich ans Herz.

Capricorn hat währenddessen keine Miene verzogen. Mit eisigem Blick verfolgt er das Geschehen. „Sammelt die Goldmünzen ein!", befiehlt er seinen Männern. „Und unsere Gäste werden wieder eingesperrt!" Da fordert Staubfinger ihn auf, sein Versprechen einzulösen und ihn zurücklesen zu lassen. Aber Capricorn lacht ihn nur aus und wirft das Buch vor den entsetzten Augen Staubfingers ins Feuer.

Farid

Der fünfzehnjährige Farid stammt aus einer der Geschichten aus *1001 Nacht*. Als er aus ihr herausgelesen wird, ist er zunächst ziemlich verängstigt. Doch schon bald lernt er, seine neue Umgebung zu schätzen. Er stellt fest, dass ihm unsere Welt sehr viel besser gefällt als seine eigene.

Der schüchterne Fremdling

In seiner Welt wurde Farid nie viel Aufmerksamkeit geschenkt. Und zunächst hat er keine Ahnung, wo er hier eigentlich hineingestolpert ist. Die Menschen tragen eigentümliche Kleidung, benehmen sich seltsam, und das Mädchen redet unablässig auf ihn ein. So dauert es eine Weile, bevor er zu Meggie Vertrauen fasst und sich mit ihr unterhält.

Die Katze

Farid hat nie zuvor eine Familie oder Freunde gehabt, die sich um ihn gekümmert hätten. Er musste stets für sich selbst sorgen. Essen und Trinken und ein paar Goldtaler hat er in seiner Welt dort stibitzt, wo es nicht weiter auffiel. So hat er gelernt, wie eine Katze zu schleichen und wie ein Affe zu klettern.

Feuer und Flamme

Als Farid Staubfinger begegnet, ist er fasziniert von seinen Tricks. Feuerspucken und Jonglieren will er unbedingt auch lernen.

Selbstbewusster junger Mann

Nach ein paar Tagen in unserer Welt hat Farid sich ziemlich verändert. Aufmerksam schaut er sich alles an, spielt ausgelassen mit Gwin und ist erpicht darauf, etwas von Staubfinger zu lernen. Und ohne seinen Turban sieht er auch gar nicht mal so schlecht aus, findet jedenfalls Meggie.

Der Wirbelsturm aus dem Zauberer von Oz

Nachdem er gemerkt hat, dass Capricorn ihm niemals helfen wird, nach Hause zu gelangen, weiß Staubfinger endlich, wer seine wahren Freunde sind. Er will Elinor, Mo und Meggie helfen und schleicht sich mit dem Buch *Der Zauberer von Oz* in den Stall, in dem sie eingesperrt sind. Als er Mo das Buch gibt, weiß der sofort, was damit zu machen ist. Er schlägt es auf und beginnt, laut daraus vorzulesen.

„Düstere Wolken zogen am Himmel auf ...“, liest Mo. Und der Himmel über Capricorns Dorf verdunkelt sich schlagartig. Mo liest weiter, und ein Wirbelsturm braust heran. Der Wind heult und die Wände wackeln.

Als der Sturm Ziegelsteine, Bäume und sogar Autos erfasst und sie hoch oben in der Luft herumwirbelt, nehmen die Wachen vor dem Stall entsetzt Reißaus und suchen Schutz in einer Hütte. Doch der Sturm kennt keine Gnade. Er erfasst die Hütte, und sie schießt hoch hinauf in den pechschwarzen Himmel.

Keiner von Capricorns Männern bemerkt, dass Staubfinger das Schloss an dem Stall entfernt und die Gefangenen sich hinausschleichen. Geduckt und gegen den Sturm ankämpfend, laufen sie zu Bastas Bus, der auf einem nahen Platz geparkt steht.
Als Basta ihre Flucht bemerkt, haben sie den Bus schon gestartet und fahren auf und davon.

Fenoglios Stadt

„Wenn wir Resa wiedersehen wollen, brauchen wir ein anderes Exemplar von *Tintenherz*", hat Mo gesagt. Da kam Meggie eine gute Idee: „Der Autor hat bestimmt noch ein Exemplar!" Und so stehen sie ein paar Stunden nach ihrer stürmischen Flucht in einer kleinen italienischen Hafenstadt, wo der Schriftsteller Fenoglio wohnt.

In der Stadt gibt es viele Fischer. Am Strand liegen ihre Boote. Meggie genießt nach den Tagen der Gefangenschaft die Sonne und hat wieder Hoffnung, dass sich alles zum Guten wendet.

Staubfinger will Fenoglio auf keinen Fall begegnen und bleibt in der Stadt, um auf dem Marktplatz seine Künste zum Besten zu geben. Ihm ist es unheimlich, dem Mann gegenüberzutreten, der ihn erdacht haben soll, und womöglich das Ende seiner eigenen Geschichte zu erfahren.

Meggie und Mo machen sich alleine auf den Weg zur Wohnung des Schriftstellers. Bald stehen sie vor einem schmalen Haus. Unter den Klingelschildern neben der altehrwürdigen Eingangstür findet Meggie den Namen Fenoglio.

Fenoglio

Fenoglio ist vor vielen Jahren von England nach Italien ausgewandert. Er lebt zurückgezogen in einer kleinen Hafenstadt und schreibt dort seine Bücher. Die fantastischen Welten, die er erschafft, zieht er dabei häufig der Realität vor. Zu gerne würde er den Figuren aus seinen Geschichten tatsächlich begegnen.

Ungeduldiger Künstler

Fenoglio mag es gar nicht, wenn er in seiner Einsiedelei gestört wird. „Wieder einer dieser nervtötenden Autogrammjäger“, denkt er, als es an seiner Tür klingelt. Mo und Meggie lässt er zunächst gar nicht ausreden. Er fährt ihnen unwirsch ins Wort.

Hilfsbereit und begeisterungsfähig

Als Fenoglio Mos Geschichte gehört hat und er von deren Wahrheit überzeugt ist, ist er ganz aus dem Häuschen. Auf seinem Dachboden findet er das Manuskript von *Tintenherz.* „Ihr sollt es haben!", sagt er und überreicht es freudestrahlend Meggie und Mo.

Hoffnungsloser Romantiker

Fenoglio begegnet den Figuren, die er erfunden hat: Staubfinger, Cockerell und sogar Capricorn. Mit großen Augen betrachtet er sie gründlich. „Genau so, wie ich sie mir vorgestellt habe!", murmelt er entzückt. Dass seine Figuren nicht ganz ungefährlich sind, scheint ihm dabei vollkommen entfallen zu sein.

Argloser Optimist

Auch als Basta und Flachnase an Fenoglios Tür klopfen, ist er ganz aufgeregt. „Basta!", ruft er lächelnd und bittet die beiden ins Haus. Erst als er ein Messer an den Hals gehalten bekommt, damit Meggie verrät, wo Mo ist, geht ihm auf, dass er wohl ein wenig naiv war.

Ein guter Plan

Basta und Flachnase haben herausgefunden, dass Meggie das Talent ihres Vaters geerbt hat. „Eine kleine Zauberzunge! Das wird Capricorn gefallen!“, hat Basta erfreut festgestellt. Dann hat er Meggie und Fenoglio in seinen Bus gezerrt und zu Capricorn gefahren. Und während Farid, Staubfinger und Mo sich nichts ahnend in das Dorf schleichen, um Resa zu befreien, sitzen Meggie und Fenoglio dort eingesperrt in einer finsteren Gruft.

Scharf bewacht

Capricorn hat all die Jahre ein letztes Exemplar von *Tintenherz* aufbewahrt. Sorgfältig verschlossen und von giftigen Schlangen bewacht, lagert es in einer Kiste.

Erpressung!

„Du wirst heute Abend für mich den Schatten aus *Tintenherz* herauslesen!“, sagt Capricorn zu Meggie.
Und als sie protestiert, zeigt er ihr die gefangene Resa.

Ein neues Ende?

„Könnte man die Geschichte nicht umschreiben, so dass ich eine hübschere Nase bekomme?“, fragt Flachnase Fenoglio, als er die beiden abführt. „Umschreiben! Gute Idee!“, meint Fenoglio. „Meggie, das ist unsere Rettung. Der Schatten darf nicht in unsere Welt gelangen. Ich schreibe ein neues Ende für *Tintenherz*, das du morgen lesen kannst“, erklärt er ihr und macht sich sofort an die Arbeit.

Die Bücher in Tintenherz und ihre Geschichten

Meggie soll Capricorn ihr Vorlese-Talent beweisen und muss ihm aus verschiedenen Büchern zur Probe vorlesen. Auch Mo und Darius lesen nicht nur aus *Tintenherz.* Hier werden einige Bücher vorgestellt, die von den drei Vorlesern zum Leben erweckt werden.

Mary Poppins

Mary Poppins ist die Hauptfigur in Romanen der australischen Schriftstellerin P.L. Travers. Sie ist ein Kindermädchen mit magischen Kräften. Die Kinder der Familie Banks aus London – Jane, Michael, John und Barbara – erleben mit ihr wundervolle Abenteuer. Doch behauptet *Mary Poppins* danach stets, dass diese gar nicht stattgefunden hätten. Und ebenso plötzlich, wie sie im Leben der Banks-Kinder auftaucht, verschwindet sie auch immer wieder.

Der Zauberer von Oz

Die Erzählung des US-Amerikaners Lyman Frank Baum war so erfolgreich, dass er und andere Autoren zahlreiche Fortsetzungen schrieben. In den USA kennt jedes Kind die Geschichten. Ein Wirbelsturm verschlägt Dorothy und ihren Hund Toto in das Land der Munchkins. Zusammen mit einer Vogelscheuche, dem Blechmann und dem feigen Löwen muss sie sich dort gegen die Böse Hexe des Westens wehren und viele Prüfungen bestehen, bevor sie ihre silbernen Schuhe wieder nach Hause tragen.

Tausendundeine Nacht

Die Märchen aus *Tausendundeine Nacht* stammen aus dem Orient. Scheherazade, die Tochter eines Wesirs, erzählt sie dem König Schahriyâr. Enttäuscht von seiner untreuen Ehefrau, beschließt dieser, jede Nacht mit einer anderen jungen Frau zu verbringen und diese am Morgen hinzurichten. Doch Scheherazade schließt ihre Erzählungen stets an einer so spannenden Stelle, dass der König unbedingt wissen will, wie die Geschichte endet, und ihre Hinrichtung aufschiebt. Bekannte Figuren aus den Märchen sind u.a. Sindbad, Aladin oder Ali Baba.

Rotkäppchen

Die Geschichte von dem Mädchen, das seiner kranken Großmutter etwas zu essen bringen möchte und dabei dem bösen Wolf begegnet, ist ein Märchen aus der Sammlung der Gebrüder Grimm. Diese schrieben Anfang des 19. Jahrhunderts Geschichten auf, die vorher nur mündlich, von Märchenerzählern, verbreitet worden waren. Andere berühmte Märchen aus ihrer Sammlung sind z.B. *Der Froschkönig*, *Rapunzel*, *Hänsel und Gretel* oder *Frau Holle*.

Die Abenteuer des Tom Sawyer

Das Buch stammt von dem amerikanischen Schriftsteller Mark Twain. Tom lebt bei seiner Tante Polly in einer Kleinstadt im Mittleren Westen der USA. Gemeinsam mit seinem Freund Huckleberry Finn beobachtet er einen Mord des Banditen Indianer-Joe, den dieser später dem gutmütigen Muff Potter in die Schuhe schiebt. Tom kann Potter in der Gerichtsverhandlung entlasten, doch Indianer-Joe gelingt die Flucht. Bei der Suche nach einem Schatz und in einer Höhle am Ufer des Mississippis stehen Tom und seine Freunde dem Banditen unversehens wieder gegenüber ...

Mortola

Mortola ist Capricorns wichtigste und ranghöchste Dienstmagd. Und ihre Boshaftigkeit steht der ihres Herrn in nichts nach. Zu Capricorns großem Ärger weiß Fenoglio, warum: Mortola ist Capricorns Mutter. Er verleugnet sie und seine eigene Herkunft, weil sie nicht adelig ist.

Der Schatten

Das teuflische Ungeheuer mit den glühenden Augen, geformt aus der Asche seiner zahlreichen Opfer, bringt dort, wo es auftaucht, Tod und Verderben. Wenn es seine schwarzen Klauen nach einem Menschen ausstreckt, führt dies unweigerlich zu dessen qualvollem Tod. Jeglicher Widerstand ist zwecklos.

Machtvolle Vasallen

Capricorns Macht ist groß. Doch seine Stärke beruht nicht zuletzt auf dem Wissen um seine beiden wichtigsten Verbündeten. Seine Mutter zieht auf seinem Herrschaftssitz im Hintergrund die Fäden. Mit dem Schatten, der ihm in der *Tintenherz*-Welt treu ergeben war, könnte er seinen Einfluss bis in den letzten Winkel unserer Welt ausweiten.

Die heimliche Herrscherin

Über wie viel Einfluss Mortola tatsächlich verfügt, wissen nur wenige. Sie verwahrt das wertvolle, letzte Exemplar von *Tintenherz*, hat jahrelang Resa als persönliche Dienstmagd missbraucht und bestimmt, wer dem Schatten geopfert wird.

Capricorns größter Trumpf

Jahrelang hat Capricorn darauf hingearbeitet. Nun ist es endlich so weit. Mit Hilfe der „Zauberzunge" Meggie will er den Schatten aus der *Tintenherz*-Welt befreien. Sein Wort ist dem Ungeheuer Befehl. Auf ein Zeichen seines Herrn wird der Schatten Bäume, Menschen und ganze Dörfer zu Asche verwandeln.

Meggies Lesung

Im Amphitheater haben sich für den wichtigen Anlass alle Bewohner des Dorfes versammelt. „Lies!“, befiehlt Capricorn. Und Meggie bleibt keine Wahl. Sie schlägt *Tintenherz* an der markierten Stelle auf und beginnt zu lesen: „Es gab nur einen, den die Menschen mehr fürchteten als Capricorn. Man nannte ihn den Schatten.“

Fenoglio wirft ein zusammengeknülltes Blatt Papier, auf das er sein neues Ende für *Tintenherz* geschrieben hat, dem kleinen Hund Toto zu. Der schnappt es mit der Schnauze und läuft damit zu Meggie. Doch als Meggie das Blatt in das Buch schummelt und anfängt zu lesen, wird sie von Mortola erwischt.

Hilfesuchend lässt Meggie den Blick über die Zuschauer wandern. Da entdeckt sie Mo in der Menge. „Lies weiter!", ruft er ihr zu. Aber Meggie hat nichts mehr zu lesen. Mo sieht das verzweifelte Gesicht seiner Tochter und wirft ihr einen Stift zu. „Dann schreib!" Und genau das macht Meggie. Sie schreibt auf ihre Arme und Beine, und während sie das macht, liest sie die Worte vor.

Drohend erhebt sich der Schatten über dem Theater. Mit glühenden Augen wartet er auf einen Befehl von Capricorn. Doch dann erklingt Meggies Stimme, die ihn in eine neue Richtung lenkt. Der Schatten wendet sich gegen seinen Herrn und vernichtet alles Böse. Dann fällt er in sich selbst zusammen, und zurück bleibt nur Asche!

Das glückliche Ende

Am Ende finden alle ihr Glück. Die Fabelwesen kehren in ihre eigenen Welten zurück, und Fenoglio wird zu einem Teil seiner selbst erschaffenen *Tintenherz*-Geschichte. Meggie und Mo können nach all den vielen Jahren endlich Resa in ihre Arme schließen. Farid bleibt bei ihnen. Und Elinor hat neben ihrer Buchleidenschaft ein neues Interesse gefunden: ihre Familie. Und Staubfinger? Auch Staubfingers sehnlichster Wunsch wird endlich erfüllt. Aber seht selbst ...